DIE KLEINEN WILDEN

1

小野人和长毛象

瞄准长毛象的屁股

[德] 亚奇·聂比奇 著/绘 庄亦男 译
JACKIE NIEBISCH

上海译文出版社

图字：09-2013-215 号

图书在版编目（CIP）数据

小野人和长毛象．瞄准长毛象的屁股 /（德）亚奇·聂比奇（Jackie Niebisch）著、绘 ；庄亦男译．-- 上海 ：上海译文出版社，2020.7
ISBN 978-7-5327-8484-4

Ⅰ．①小… Ⅱ．①亚… ②庄… Ⅲ．①儿童故事－图画故事－德国－现代 Ⅳ．①I516.85

中国版本图书馆 CIP 数据核字（2020）第 088248 号

小野人和长毛象（全四册）

[德] 亚奇 · 聂比奇 著 / 绘　庄亦男 译
责任编辑 赵平　特约编辑 闫雪洁　装帧设计 上超工作室 严严

上海译文出版社有限公司出版、发行
网址：www.yiwen.com.cn
200001　上海福建中路 193 号
上海雅昌艺术印刷有限公司印刷

开本 890×1240　1/32　印张 12.75　字数 50,000
2020 年 7 月第 1 版　2020 年 7 月第 1 次印刷

ISBN 978-7-5327-8484-4/I · 5215
定价：150.00 元（全四册）

如有质量问题，请与承印厂质量科联系　T：021-68798999

把这本书献给狂野的大 J. P.，我们的大荒原最忠实的拥护者，

他几乎无法克制住自己想要去参加捕猎的冲动。

还要向冯樱致以特别的感谢，感谢她提供的灵感和支持。

目录

每天早上，小野人们都要出动去捕猎长毛象。大人们每次都会警告他们，别去打扰那只可怜的动物，要是他们不听话，晚上回来就只能在洞穴门口过夜了。

于是，每天晚上，这些小野人就只好睡在洞穴门口了。不过，对于他们白天所经历的冒险来说，这晚上的小惩罚又算得了什么。

命中

有时候，父母们也想待在洞穴里偷个懒，于是就会打发小野人们出去捡些坚果和莓子当午餐。

个子最小的那个已经迫不及待了，因为这是他第一次被允许和他的同伴一起出门。

“出发了！”他一边喊一边抓起一根长矛。

“捡坚果不需要长矛啊，”其他小野人不解地问他，“摘莓子也不需要。”

“别逗了！你们愿意整天用菜叶子喂自己吗？我们可不仅仅是采果子的，我们还是猎人！我们去捕猎一只长毛象吧！”

大家都有些疑惑，一只长毛象？

“当然！肯定会好吃很多……”

于是他们出发了，身体里充满了猎人的激情。

“首先我们得跟踪长毛象的踪迹！”那个小个子说。

“你从哪里知道得这么清楚的？”其他人吃惊

地问他，“这不是你第一次跟我们出来吗？”

“是我爷爷的爷爷告诉我爷爷的，”小个子骄傲地回答，“然后我爷爷又告诉了我。”

他们跟着长毛象的足迹走啊走，直到突然在地平线上发现了长毛象。他又大又圆的屁股正是一个再好不过的靶子了。

小野人们慢慢向他靠近，在助跑了一大段距离之后，“一二三——”，用尽全力把长矛投了出去。

长矛飞啊飞啊飞，随着“啊哟哇”一声，终于降落在了长毛象的大屁股上。

长毛象一下子跳得老高。

小野人们欢呼起来。

“命中啦！”他们喊道，“你们看到了没？打中了！”

长毛象怒气冲天地转过身来。

“你们这些家伙会遭报应的！竟敢捕猎温顺平和的长毛象！”

“可是我们饿了！”小野人们喊道。

“饿了那么就请去捡坚果吧！或者摘莓子！”

“可我们想吃肉！”那个小个子说。

长毛象听了直冒火。

“那如果我想要吃掉你们，你们会怎么想？”

“可是长毛象只吃苔藓和其他绿色的东西啊……”

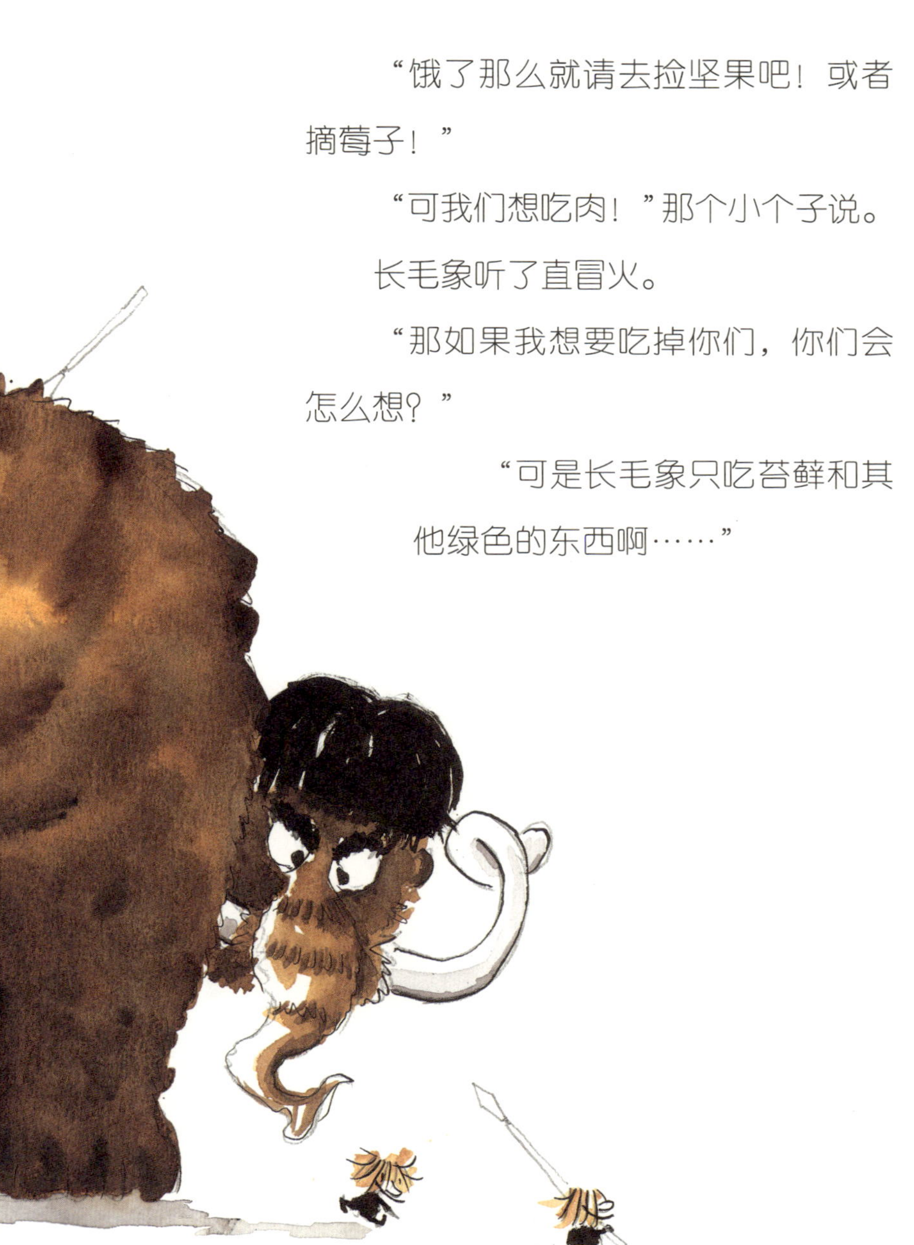

“那我们走着瞧！”长毛象粗声粗气地吼道，“我一直想吃一份小野人作为饭后甜点。”

“你不会想吃掉我们吧……你可千万不能吃我们啊……”

“我怎么不可以吃你们？我还要让你们在我的舌头上慢慢融化呢！”

听到这话，小野人们害怕了。

“求求你不要！”他们恳求道，“我们身上没有多少可吃的地方，再说我们估计也不怎么好吃。”

“你们之前就应该想清楚。谁打算去打猎，谁就得付出相应的代价！”

“这完全不能怪我们，都是我们的父母不好。”

“对！”大家伙儿都七嘴八舌地辩解了起来，“是我们的父母打发我们来打猎的……”

“真的是这样？”长毛象将信将疑地问。

“没错！我们对长毛象可没有意见。我们还有点儿喜欢他们呢。”

“嗯……嗯……”长毛象嘟嘟囔囔地说，“如果是这样的话……”

这一次，长毛象没有咆哮，只是闭上了眼睛考虑了一下——嗯，孩子又不能替父母承担责任。

“我们现在可以走了吗？我们还得去找些吃的东西。”

“那你们首先得把那长矛从我的肉里拔出来！

拜托你们小心一点儿！”

于是，饥肠辘辘的小野人们沿着长毛象的脊背爬到了长矛插着的地方。

“老天，这会是多好的一块象排啊！吃起来肯定美味！”

“啊哟哇！”小野人们拔长矛的时候，长毛象疼得叫了一声，“好了，你们的长矛被没收了，我会好好保存它。”

又累又饿的小野人们回到了家里，大人们已经在洞穴门口等得有些不耐烦了。

“你们能告诉我们刚才你们在哪儿？我们都很担心，不知道你们这么长时间都到哪里去了。还有，那根长矛呢？”

“一只长毛象袭击了我们，”那个小个子说，“还偷走了我们的长矛。我们好不容易才逃出来……你们说是吗？”

“没错！”其他小野人都附和道，“就是这样。”

“这听起来可有点儿奇怪。你们都是胡说的

吧！你们为什么要带长矛出去呢？难道是用它来采坚果？”

家长们越说火气越大。

“作为惩罚，今天你们只能在洞门口过夜了！”

于是小野人们拖来了一条厚厚的毛皮盖毯，然后舒舒服服地蜷缩了进去。

“你们不觉得露天睡觉很棒吗？”小个子说，“看着星星入睡多有乐趣啊！”

“你们觉得长毛象睡觉的时候到底会是什么样的呢？”

“会打很响很响的呼噜吧……”

“要不明天我们去找他吧，问问他能不能把长矛还给我们？”

“我看我们要不回来了！”

“我们可以试一试嘛。我爷爷的爷爷说过，如果长毛象不肯把长矛交出来，那就得自己再做一根……”

他们就这样聊了一会儿天，又为第二天想了好几个新计划，然后就一个接一个地沉入香甜的梦乡。

陷阱

为了逮住又大又壮的长毛象，小野人们已经想过很多办法了。老是吃坚果和莓子实在太乏味了，他们也想尝尝美味的鲜肉来换换口味啊——当然，还要浇上酱汁！

“这样我们就能算是猎人了，不再只是采采果子的小孩子了。”

个子最小的那个小野人总是这样说。

其他人也都觉得他的话很有道理。

有一次，他们为了抓住长毛象，挖了一口小陷阱——只是，它实在太小了。

长毛象刚把左脚的脚趾扭伤了，正在气头上。

“你们会遭到报应的！竟然打算猎捕一只温和无害的厚皮动物！”

一只长毛象会发那么大的火，小野人们可是第一次见到。

“你们竟然还在我眼前刨了个可笑的小陷阱！”长毛象继续咆哮。

这下小野人们不得不乖乖作罢了。

接下来的一次，小野人们又觅了一根长矛来对付长毛象，居然还戳中了他。可是长毛象的屁股也不是用纸糊的啊。

长毛象又怒气冲天了："立刻帮我把长矛从肉里给拔出来，快！"他咬牙切齿的样子，看起来就像要把他们四个当成饭后点心一口吞了。

"求你别伤害我们！"小野人们只好恳求他说，"我们的味道其实不怎么样，再说我们身上也没有多少肉！"

"嗯，好吧。"长毛象嘟哝了几句，就好心地放他们走了，"不过这是最后一次了！"他对着小野人们的背影警告道。

可小野人们早就一溜烟跑远了，长毛象的警告被远远地甩在了身后。

当小野人们赶到家的时候，他们的父母已经提心吊胆地等在洞穴门口了。显然，一顿教训是逃不了的了。

"我的长矛呢？"

"谁允许你们去打猎的？"

"你们应该收集坚果和莓子！"

爸爸妈妈们气得吹胡子瞪眼睛。

小野人们连忙七嘴八舌地解释：

“一只长毛象袭击了我们，我们好不容易才逃出来的！”

不过，他们说的话，大人们连一个字都不信。作为惩罚，他们只好在洞穴门口过夜了。

不过，无拘无束的小孩子是不会那么轻易被吓倒的。长毛象也算不了什么！

会走路的小树丛

小野人们正在玩捉迷藏，却没料到又和长毛象狭路相逢了。他走得很慢，笃笃悠悠，还边走边打哈欠。

“啊呀，好累啊！很久没这么累了！看来又到了睡午觉的时间了，啊呀……”

而这边，小野人们一下子兴奋起来。

“嗨，伙计们！”个子最小的那个小野人激动地小声叫起来，“发现鲜肉！”

“噢耶！可我们没带长矛啊！”

“只要一根绑带就够啦。”小个子说，“我爷爷的爷爷说过，只要用一根绑带就能把一只睡着的长毛象勒得透不过气来，然后他就会昏过去了。然后嘛，还没等他醒过来，就早被吃个精光啦！”

“哈哈！”其他小野人都笑了起来，“太好了！”

他们找来一些树枝，把自己假扮成小树丛，跟着长毛象来到了他睡觉的地方。

犯困的长毛象，连眼睛都快睁不开了。不过，那青翠多汁的四簇小灌木还是引起了他的注意。

“嗯？咕哝咕哝……老天，昨天我才把这里吃了个干净！这么快又长起来了，这些色拉！”

长毛象张嘴去啃一簇树丛。

可发生什么了？

小树丛向前跑了！另一簇也是！然后是第三簇，还有第四簇！

“神圣的冻原啊！”长毛象又打起哈欠来，“我怎么回事呀，怎么连那些绿叶子都吃不着了！是不是我太老了？要不就是太累了？或许都是吧！”说着说着，他身子一歪，就睡着了。

小野人们从树丛后面跑了出来，七嘴八舌地评价起这只呼呼大睡的长毛象。

“看呀，象鼻子摆来摆去！”

“呼气的时候还有泡泡呢！”

“呼出的气好热啊！”

“你们看他的大脚板！”

“可以把它做成很棒的凳子！”

“还有，他的皮可以做马戏团帐篷！”

尽管大人已经教过，吃饭的时候不能玩弄食物，可他们还是肆无忌惮地在长毛象身上到处溜达。

他们穿过他额前长长的头发：“捉迷藏躲在这里最好了！”

他们还在他的长牙上晃来晃去：“我们能把它做成秋千！”

他们甚至能听到他的心跳声——咚咚，又沉又响，好像敲鼓一样。

玩够了，小野人们取来一根很粗的绑带，在象鼻子上绕了一个结——各就各位，预备，开始！绑带越拉越紧，一直紧到不能再紧！

不一会儿，象鼻子就鼓了起来，越变越粗，好像一个吹起来的气球——小野人们还在使劲拉紧绑带。

先是慢慢地，懵懵懂懂地，最后突然随着一声巨响，长毛象彻底醒了过来。

“我的鼻子！我的鼻子怎么了？好可恶！正梦

到好事呢！”

要不是长毛象呼噜呼噜喘着大气，又是咳嗽又是擤鼻涕又是打喷嚏，忙也忙不过来，小野人们铁定会尝到猛犸拳的威力了。好在这回他们又走了运。

等到长毛象终于把那根讨厌的绑带弄下来，鼻子才总算通气了，可小野人们早就翻过了好几座山。

他们一口气跑回家，发现大人们已经不耐烦地等在山洞门口了。

“你们倒是说说看，这么长时间到底躲到哪里去了？”

“我们都担心死了！”

“那根很粗的绑带到哪里去了？”

“一只长毛象袭击了我们，”那个小个子抢

先说道，“还把那根带子偷走了。我们好不容易才逃出来，是吧？”

“就是！”其他小野人一齐说。

“就是这样！”

“可这听起来怎么那么离谱！”

“你们铁定在吹牛！”

“我们严令禁止你们单独去打猎！”

“作为惩罚，你们今天晚上只能睡在洞门口了，完毕！”

小野人们拖来一条毛皮盖毯，舒舒服服地钻了进去。他们聊了一会儿天，又为第二天的行动想了上千个新计划，然后便一个接一个地沉入梦乡……

长毛象·宝宝

在一个风和日丽的好日子，美好到谁也不会去想什么坏事情，小野人们却又在绞尽脑汁地计划捕猎长毛象了，尤其是个子最小的那个。

“我爷爷的爷爷说过，长毛象非常非常爱自己的孩子，如果长毛象宝宝走丢了，他的父母会发了疯似的去寻找。如果一只长毛象发现了走失的小长毛象，他会一直跟在后面，保证小宝宝不会发生危险。所以，我们最好是扮成小长毛象，然后把大长毛象骗到陷阱里去！”

“一个大陷阱！”

“一个掉进去就再也别想出来的陷阱！”

“太棒了！”

“好主意！”

“可是我们该怎么做呢？我是说，长毛象和我们长得可太不一样了。”

“我们戴个有刘海的假发，再披上棕色的毛皮就好了。”

“可是那獠牙怎么办啊？如果我们没有长长的牙齿，他肯定会发觉的！”

“那我们就用树枝削成獠牙吧。”

小野人们说干就干。他们挖了一个陷阱，又用一些小树枝盖在上面作为伪装，然后就放开嗓子大喊大叫起来，方圆几公里都能听见了。

“可怜的小家伙！”当长毛象看到四只小长毛象懵懂地在广阔又充满危险的大草原上玩耍，立刻心生担忧与怜爱，“他们一定是迷路了。”

他举起了自己的长鼻子，大声叫道：“小心，孩子们！你们正朝着陷阱走过去呢！”

“他从哪儿知道这儿有我们的陷阱？”小野人

们紧张地小声嘀咕。他们担心自己被拆穿，竟慌慌张张地掉进了自己挖的陷阱。

砰，砰，砰……一个接一个。

大长毛象在一旁简直不忍心看下去了，他小心翼翼地用长鼻子把他们一个一个捞了上来。

“差点儿就发生危险了！没人管你们的话，小野人们就会把你们都吃了的，连皮带毛！”

这个想象太让人伤心了，长毛象说着说着眼

泪都要流出来了。

“我来照顾你们这些又软又弱的小家伙，直到你们的妈妈回来找你们。”

他抽抽搭搭地说。

小野人们感觉可不舒服了。

“这下我们自讨苦吃。”其他小野人都向小个子抱怨，“我们现在怎么办才好？”

“我们干脆就告诉他，我们没有迷路，只是想要回家……你好，长毛象，我们没有迷路，把我们放下来吧，我们要去找我们的妈妈！”

大长毛象被他们的勇敢深深地打动了：“你们真是勇敢的孩子，但是我可不能答应。这个地方游荡着许多小野人，他们就等着抓你们呢，所以今晚你们最好待在我身边。”

而且，这还是一只非常细心又爱照顾人的长毛象，睡觉前还为每一个小家伙准备了丰盛的晚饭。

“新鲜的苔藓，碧绿的青草，还有一些蕨类植物，都是健康的食品，对你们的成长可有好处了！”

“谢谢，长毛象，我们已经吃过了，真的！就刚才。”

“我已经好饱好饱了！肚子都凸出来了！”

“我也吃不下了，都吃到喉咙口了！”

“留着明天吃早饭吧！”

一脸严肃的长毛象瓮声瓮气地说：

“你们把这些东西都吃干净，否则我立刻就要生气了！我可不想让别人在背后嘀咕，说我把你们饿着了。来——快张嘴吃！”

还从来没有人看到过小长毛象那么苦着脸嚼一盆新鲜的苔藓。

夜很深了，小野人们才从他们那又大又壮的保护人那里脱身，一口气跑到家门口。大人们早已在洞门口等得不耐烦了，等着看这回这些小捣蛋鬼又找了什么样的借口来解释……

“你们可以解释一下，这么长时间你们都躲到哪里去了吗？”

“我们担心得要命！”

“看看你们都成了什么样子？”

“你们的脸怎么都这么绿？”

“一只长毛象袭击了我们！”那个小个子说，“还逼我们吃苔藓大餐。我们好不容易才逃出来，对吧？”

“就是啊！”其他小野人都附和道。

“就是这样，真的！”

“这听起来可有点儿奇怪！”

“你们又在编什么故事了吧！”

“而且我们已经说了很多遍了，禁止你们扮成长毛象！作为惩罚……”

“……我们今天又要睡在洞门口了！”小野人们齐声说道。

他们钻进了毛皮盖毯，舒服地蜷缩在里面。和往常一样，他们又聊了一会儿天，为第二天的捕猎活动想了上千个新计划，便一个接着一个地睡着了。

“晚安！”

“好好睡！”

“做个好梦！”

“你也一样！”

脑震荡

小野人们正在捡坚果。

个子最小的那个对其他人说：

“我爷爷的爷爷以前对我爷爷说过一件事：只要用一个大坚果扔中长毛象的头，他就会立刻精神错乱，开始说些疯疯癫癫的话，比如‘什么时候才会有人把我吃掉啊’或者‘我真想被吃掉啊’，诸如此类。”

“长毛象真会说这个？！”

“当然！就看你打得准不准。要是打得准，他还能说出更妙的呢，‘我可不想被生吃，我应该在火上烤一烤，吃起来就又嫩又多汁了’。”

大家都觉得，这听起来可真不错。于是，他们就动手把大的坚果拣出来，又做了一个弹弓，开始练习瞄准。

长毛象还从来没见过这个能投射坚果的武器，他那惊讶得呆呆的脸正是一张好靶子。

他就这样眼睁睁地看着坚果朝自己飞过来，不过之后发生了什么，他完全想不起来。

“我在哪儿？我怎么了？”

“我们是小野人，跟着我们，长毛象！”小野人们说。

“啊，是这样啊，明白了，你们要吃掉我。来吧！我祝你们好胃口！”

“谢谢。”小野人们回答。

长毛象警告性地举起了长鼻子。

“不过，别生吃，我可不允许！得把我好好烤一烤！”

“没问题，我们会把你烤得又酥脆又多汁。”

“可别把我烤老了，要外面脆脆的，里面嫩嫩的！”

“别着急，长毛象，我们会把你做成有史以来最美味的烧烤！为了让你更好吃，我们还会撒上好多好多番茄酱！”

“什么？！怎么可以？！你们竟然想用番茄酱……用番茄酱糟蹋我？！”

“不不，长毛象，呃……不是这个意思……我们用蘑菇酱……或者别的什么。”

可是长毛象受不了任何酱汁，一想到自己会被做成那么难吃的菜，他就生起气来，简直怒不可遏！

“等等！怎么回事？！要把我浸到番茄酱里？你们差点儿干出这样的好事！”

“看来我们应该再朝他射一个坚果！”小个子说道。

“我爷爷的爷爷说过，如果遇到长毛象不喜欢酱汁，那么就应该赶紧朝他射第二个坚果！”

说干就干……

瞄准，射击！砰！中了！

长毛象眼前一黑，接着便看到许多飞来飞去的小石块。不过，他并没有一下子变得喜欢酱汁，倒是突然想尝尝美味的小野人了！嗯，脆脆的小骨头，肯定很好吃！

“别跑！我要把你们炖得嫩嫩的，配薯条和

色拉……”

要不是小野人们逃得快，他们早就成了长毛象大肚子里的点心了……

他们气喘吁吁地跑回家，发觉大人们早就站在洞门口等着了。

“你们又被长毛象抓住了？好不容易才逃出来？没说错吧？”

“一点儿也没错！”小野人们齐声说，“你们是怎么知道的？”

他们钻进了铺在洞门口的毛皮盖毯，舒服地蜷缩在里面。大家聊了一会儿天，又为第二天的捕猎构思出了上千个新计划，就一个接一个地沉入香甜的梦乡……

“晚安！”

“睡个好觉！”

“拜拜！”

“呼呼……”

大野人

突然有一天，可能是在白天，也可能在夜里，小野人们不再对自己的力量那么充满自信了。他们的勇气不知逃到哪儿去了，他们突然开始怀疑，自己究竟会不会成为高大强壮的猎人。这时，个子最小的那个又想起了他爷爷的爷爷对他爷爷说过的话。

“他说过，人要相信自己的力量。如果坚信自己是强壮和勇敢的，那么就可以战胜最大的长毛象。”

小野人们于是一下子感觉自己变得强壮有力了。

“我们很强！”

“我们很勇敢！”

“瞧瞧我的肌肉！”

“它们鼓起来了！”

“摸摸我的！”

“先看我的！”

不一会儿，他们就觉得自己已经变成了世界上最厉害的野人了。

他们抓起一根长矛，兴奋得手舞足蹈起来。

“我们会变成最好最骄傲的猎人！嗷！”

“我们这么强大，长毛象会害怕得发抖的！嗷！嗷！”

“一害怕他就会缩得很小！嗷！”

小野人们把一切都抛到了脑后，身体里充满了属于猎人的狂野激情。他们爬上了台阶，唱起了最令人战栗的歌曲——

我们是最野蛮的猎人，

手握粗大长矛一杆，

只要看到我们出现，

长毛象无不吓破象胆。

他们个个抖得像筛糠，

撒开腿拼命逃散，

最后却扑通掉进

象肉大宴的锅子里面！

不一会儿，他们发觉奇迹真的出现了——他们的的确确变大变强壮了。

长毛象呢？耶！他变得芝麻绿豆一般小，小到他们几乎要漏看了！

“看来我爷爷的爷爷没说错啊！”

个子最小的那个一边欢呼一边朝着惊恐不已的长毛象追了过去。

那只可怜的长毛象不幸掉进了一个陷阱！

小野人们一起举着长矛，一步步逼近他们的猎物——“小”长毛象。

“长毛象！看我们多强壮！”小个子喊道。

“其实你并没有那么庞大！实际上，作为一顿饭，你只够半份！”

“老天爷！”

长毛象吱吱吱地叫了起来，他的声音已经一点儿也不低沉不雄壮了，变得又尖又细。小个子一下就把他提了起来，夹在了胳肢窝下面。

“你身上可以吃的地方不多，不过炖一锅肉汤还是够的。”

“你同情一下我的小身子吧！我真的没什么肉啊，也不是特别好吃……”

长毛象绝望了！

“这一切肯定是个最坏的噩梦！”

他只好这样想……

幸好，他猜对了！小野人们刚准备大摆宴席，就被没好气地叫醒了。

“起来！掀开被子！”

大人们都一副气鼓鼓的样子，看起来疲劳得很，个个顶着两个很大的黑眼圈。

“你们能不能说说看，为什么整晚嗷嗷叫个不停？睡到一半居然还唱起了野蛮的歌！”

“因为我们……嗯……我们是世界上最高大的猎人！”

“我们抓住了一只长毛象！”

“对，没错！”

“好了，”大人们说，“我们整夜没合眼，所以我们决定，让你们这些勇敢的斗士们来为我们准备早饭，去采一篮黑莓吧。我们可得好好再睡一轮，你们半夜里的打猎把我们折腾得疲惫不堪……”

“噢，老天！”

“等着瞧，等我们长大了！”

“大人们是最差劲儿的！”

“就是！”

小野人们十分不服气。

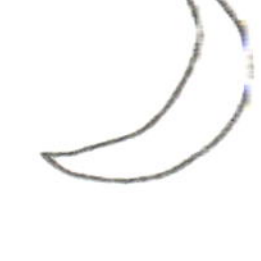

恶毒的话

小野人们坐在高高的树干上玩耍。个子最小的那个坐得最高，心里却一直纳闷，长毛象到底怎么了？已经有一个月没见到过他了，难道他被猎人抓走了？或者是想换换环境，躲进了山里，因为那里草更绿，生活更平静？真奇怪啊，他去哪儿了？

“你们觉得，他会躲在哪儿？”

“最近他根本没有在这儿出现过。”

“他肯定逃到山里去了。”

那个小个子吃力地瞪大眼睛看了几个小时，还是什么都没有发现，于是他建议道：“我们来一次考察探险吧！”

“好耶！”其他人都叫了起来，“长毛象到时候一定会大吃一惊的！”

他们穿过山谷爬过小丘，然后攀上了高高的岩石，来到了一个悬崖的边缘。

“天哪，这或许是个极好的陷阱！”

“这里至少放得下十只长毛象！”

“我打赌，掉进去就别想出来了！”

他们正在考虑，到底能不能把这个天然大陷阱隐蔽一下，峡谷的另外一边就突然出现了长毛象。他看起来很生气，因为显然这些小野人又在打他的主意了，这是明摆着的事。

“那儿！那只长毛象！”

“我们怎么才能够得到这个大肉球呢？”

“我们扔一把石头斧子过去！”

“肯定是白费功夫。”

“我们得想法子让他掉到悬崖下面去。”

“有什么办法呢？”

“我爷爷的爷爷说过，如果一只长毛象站在悬崖边，唯一的办法就是让他自己跳下去。”

“自愿地？”

“他是这样说的，除了对着一只长毛象扔坚果，还可以用最坏的话来攻击他。要狠狠地侮辱他，对他说最难听的话，直到他痛苦得不想活了，就会自觉自愿跳进深渊了。”

小野人们立刻开始实行他们的策略。

“听着，长毛象！”个子最小的那个开腔了，“你这么肥，到处乱走，难道不害臊吗？我要是像你这么丑，早就从这边上跳下悬崖了！”

“哪里丑了？”长毛象很诧异。

“丑绝了！”其他小野人也都叫了起来。

“看看你的牙齿，这些弯弯曲曲的东西。这是牙齿吗？这歪歪扭扭的牙口，简直就是弯黄瓜！就

像戴了个马嚼子！”

“弯黄瓜？”长毛象不敢相信自己的耳朵。

“没错！还有你那个大脑袋后面丑陋的驼

背，呸！”

“你们看他古怪的毛皮呀！又蓬又乱，一绺一绺的，呸！好臭啊！”

“臭味都飘到这儿来了！”

“还有那个怪胎一样的大鼻子！这个破口袋似的玩意儿简直算不上鼻子！它就是一条恶心的、不通气的、晃晃悠悠的大虫子！”

这些话已经让长毛象非常伤心了。他虽然披着一身厚厚的毛皮，拖着一个庞大的身躯，却拥有一个容易受伤的灵魂呢。

可是小野人们仍旧不依不饶。

“你觉得你是一只长毛象吗？你可不是什么长毛象，你记住了！你就是一只目光呆滞的蠢货，牙齿弯曲、驼背秃毛、恶心发臭！还戴着一条大虫子！”

“你还有四只平脚板！”

这些话给了长毛象致命的一击。他垂头丧气，伤心欲绝，几乎要哭出声了。小野人越是用这些话刺伤他，他就觉得自己离悬崖越近……

"跳啊，长毛象，快跳！"那个小个子趁势大声叫了起来。

"这样你就不用因为你的丑陋而难过了，这样你就能升入长毛象天堂了，那里长满了苔藓和新鲜的青草，你要多少就有多少，每天都能吃个够！"

"看！长毛象开始哭了！"

其他人都叫起来。

"是啊，他号啕大哭了！"

"你们快看呀，他哭得好惨啊，真的流了好多好多眼泪啊！"

看着看着，小野人们竟一个接一个地对他起了同情之心。

"我可受不了看到一只长毛象哭……"

"我也不忍心……"

"我想我是不会觉得长毛象好吃的……"

"肯定不会……"

小野人们打道回府了，刚刚高昂的斗志早就全

不见了踪影。

他们一下子觉得自己和长毛象一样伤心。

快到家的时候，他们才感觉自己重新好起来。

“我们刚才是不是把恶毒的话都对他说了？”

“如果我们想要的话，我们今天肯定能把他抓住！”

“可我没法儿去吃一只哭过的长毛象。”

“我也是，我可下不了口……”

洞穴门口，大人们早已担心地围成了一圈。

看到归来的小野人们，他们只是清了几声嗓子，就没有再说别的了。

又大又厚的毛皮盖毯已经铺在了洞穴门口，大人们朝它指了一指，小

野人们就一个接一个钻了进去。

像往常一样，他们聊了一会儿天，又为第二天构思了上千个新计划，就都沉入香甜的睡眠……

玩伴

小野人们又把自己隐蔽起来，等待着新的冒险。突然，个子最小的那个叫了起来：“看啊，一只小长毛象！”

“一只长毛象宝宝！”

“我们去抓他！”

“肯定能抓到！”

小野人们采了一束雏菊去逗他，而他恰巧也是一只好奇心很重的小长毛象，果然一步步越走越近。

小长毛象东嗅嗅西闻闻，发出咕噜咕噜的声音，亲昵地吱吱叫着。小野人们根本没有要把他引到陷阱里去的念头，只想和他玩耍，搔搔他的毛皮，抚摸他，让他扯扯自己的头发。

当小长毛象躲到了一棵大树后面时，小野人们就一边大叫一边跑到他身后。

“我们发现你了！”

然后就轮到小野人们把自己藏起来，小长毛象来抓了。

“我有个好办法！”小个子说，“我们来扮演长毛象和猎人吧。我们来抓你，等我们追上你，你就倒在地上装作死了，这样我们就能把你吃掉了！”

小长毛象觉得这个主意可棒了。他高兴得吹喇叭一样嘟嘟叫起来，一蹦就跑出老远，能跑多快就跑多快。小野人们在后面穷追不舍，高声唱起关于勇猛猎人和粗大长矛的歌曲。不一会儿，他们就追上了小长毛象，他正盼着被他们抓住呢。小野人们发出胜利的吼叫，把他团团围住！

“我们抓住你了，我们抓住你了！”

“接下来我得干吗？”小长毛象问道。

他已经忘得一干二净了。

“快倒下来装死，我们就可以来吃你了！”

小长毛象于是屁股一歪躺了下来，舒舒服服地伸展开四肢，然后发出一阵撕心裂肺的叫喊——

“祝你们好胃口！”

“我第一个来！”小个子说着就用手到处顺着

小长毛象的毛，然后又把手放进嘴里，吧唧吧唧假装吃起来。

“嗯嗯嗯嗯！太好吃了！”大家听他这么说，便一个接着一个地吃了起来。

“嗯嗯嗯嗯！美味的后腿啊……”

“我更想尝尝嫩一点儿的大腿肉！”

“你们别漏了我的鼻子啊！”已经“死掉”的小长毛象说。

“嗯，鼻子也很好吃！”

小野人们正在考虑是不是再吃一片右耳朵皮子当甜点时，一阵可怕的咆哮和呼气声突然传了过来。震耳欲聋的吼叫，让整个草原都发起抖来，晃得树叶子都从树上掉了下来。

大长毛象开足马力啪嗒啪嗒冲了过来，怒气冲天，谁要挡在他面前，肯定立刻被他踩扁。

“你们这些鬼鬼祟祟的卑鄙猎人！”他怒吼道，“竟敢袭击手无寸铁的长毛象宝宝，你们等着瞧！”

“我……我们只是在玩……”

“他没没……没死啊……”

“他只是装成这样……真的啊！”

“那我也要这样对待你们！”

小长毛象其实还想再玩一会儿装死，不过，还好他及时手刨脚蹬地爬了起来，大声叫起来——

“我还活着呢！他们没把我怎么样！”

要不然，小野人们这会儿肯定已经没命了。

长毛象还从来没这样生气过。

小野人们飞快地跑回家，想把整件事都告诉爸爸妈妈。

“一只长毛象袭击了我们！我们好不容易才逃了出来……”

“对对对，就是这样！”

爸爸们将信将疑地捋着胡子。

“嗯，又来了！又是那只坏良心的长毛象是吧？”

于是，大人们又把毛茸茸的盖毯拖到了洞门口。累坏了的小野人们舒服地蜷缩了进去，幸福

的感觉一下子拥抱了他们。他们聊了一会儿天，又为第二天构想了上千个新计划，就一个接一个地沉入深深的睡眠……

“晚安！”

“睡个好觉！”

“拜拜！”

“好好睡吧，今天真是吓坏了！”

结冰了

一到冬天，下过了几场雪，湖面就都冻起来了。

在小野人们眼里，这是最有趣的时节。

他们脚蹬木头削成的冰鞋在湖面上滑冰，还打算用积雪堆一只巨大的长毛象。他们搓了一个又一个小雪球，再把它们滚到一起，直到一座小雪山出现在他们面前。

积雪做的长毛象终于立了起来。小野人们爬上它的身子，沿着脊背往下滑，还把它的长鼻子当成了滑雪道。

“我们的雪人长毛象有个秘密，”个子最小的那个说，“从前面看上去，它和一般的雪人没啥两样。但是绕到边上，我们就可以走到里面去，简直和因纽特人的雪屋一模一样！”

“嗯，又好玩又舒服啊！”

其他小野人都表示赞同。

当小野人们又打了一局冰球之后——球杆是用弯曲的树枝削成的，球则是木头做的，长毛象正慢慢腾腾地走过来。

他一点儿也没有不好的预感，天寒地冻的，连所有想法似乎都冻住了，哪还顾得上去思考什么敌意和争端——反正长毛象肯定就是这样。

不过小野人们可不是！他们一见到长毛象，立刻就想到了美食，想到了烤象排。热气腾腾，鲜美又多汁！那个小个子还想起了爷爷的爷爷曾经说过的话——

“他老早对我爷爷说过，冬天就应该把长毛象引到冰面上。因为他掉进冰水之后，就好像被储藏在了冷冻室，能够保鲜很长时间，这样我们就可以慢慢地吃他了。”

不过，怎样才能把长毛象弄到冰上去呢？

“嗨，长毛象，要和我们一起玩冰球吗？我们还多出一根球杆。”

长毛象从来也没想过，有生之年自己会去玩冰球。

“这么冷的天，运动一下也没有坏处。”他想，“再说，大家一起玩，也不会有什么危险吧。方圆几米之内，也没有瞧见长矛啊、坚果啊，或者其他任何武器的影子。”

长毛象有些发愁，他不知道自己应该在哪个位置上玩——对于打冰球，他可一点儿经验也没有。

“你可以待在门这儿。当球朝你飞过来的时候，你可千万别让它进去就对了！要拼命守住！”

长毛象小心翼翼地踩上了冰。

当他站到球门前的时候，听到了一些可疑的声音。

“嗯……我说……有咯嚓咯嚓的声音啊。”

“啊，不会有事的。”

小野人们一边说一边飞快地退出了冰面。

他们坐在岸边，充满期待地看着长毛象。

可是，什么也没有发生。

长毛象环顾四周，忍不住向小野人们抱怨：

“为什么就我一个人孤零零地站在冰上？”

“因为规定就是这样的啊。按照冰球的规则，谁犯规了，谁就得下场。我们几个都严重犯规了，所以一时半会儿不能回到冰场上。”

长毛象刚咕哝了几句谁也听不懂的话，可疑的声音就又传了出来——喀嚓喀嚓，喀嚓喀嚓。

小野人们连忙又是大声咳嗽又是狂打喷嚏，急着要掩盖掉这些声音。

但是，长毛象的耳朵可灵了。

“我又听到什么东西碎掉的声音了。听得很清楚，刚才又出现了。”

“这是你的幻觉。”

“嗯，我能肯定，我感觉自己正在往下掉……”

“咳，怎么会呢！看我们呀，我们也没掉进去啊！”

长毛象觉得自己最好立刻从冰上离开，但是，小个子硬说自己是裁判，没有他的同意，谁也不准离场。

断裂声听起来越来越危险，裂痕在整个湖面上蔓延，长毛象一下子慌了神，可现在逃跑已经太晚

了！稀里哗啦一阵响，他脚下的整个冰面都碎开了，长毛象一下子塌进冰水里。

成功了！

小野人们马上就能切一片长毛象腿尝尝啦！

可是……噢——不——

对于这只巨大的长毛象来说，这个结了冰的小湖只能算是一个冻住的小水坑。

长毛象爬了出来，带着两双湿漉漉的脚丫子，一副惊魂未定的模样。

愤怒的他对着一路狂逃的小野人们喷了好一阵水。他们的帽子都被冲掉了，不得不浑身淌水地逃回家里。

大人们又已经站在洞穴门口了，等着迎接这些哆哆嗦嗦回家来的孩子们。

“我们已经知道你们要问什么了。”那个小个子说道，“可事实就是这样啊，你们说是吗？”

“不过，你们也已经知道我们每次都是怎么回答你们的。”大人们说。

但是，大冷天的，他们实在不忍心把这些已经快冻成冰柱的小野人们留在外面过夜，所以破例让他们睡在了洞穴里的火堆旁，还盖了两层厚厚的毛皮盖毯。

他们舒舒服服地蜷缩在里面，紧紧挤在一起。和往常一样，他们七嘴八舌地聊了一会儿，又为第二天想出了上千个新计划，就一个接一个地沉入深深的梦乡……

“晚安！”

“睡个好觉！”

“做个温暖的梦！”

“你也一样！”